EMOCIONES

Aprende a Combinar Tres Técnicas Naturales

para Sanar Tus Emociones

"Tu Sinergia Emocional"

Escrito por

Ascensión Sánchez Fernández

AUTORA: ASCENSIÓN SANCHEZ FERNANDEZ

© Copyright by Ascensión Sánchez Fernández

Diseño Portada: Ascensión Sánchez Fernández

Todos los derechos reservados por la autora.

Este libro no puede ser fotocopiado, digitalizado, duplicado, ni reproducido total o parcialmente, por ningún medio o método, sea físico o electrónico, sin la autorización por escrito de la autora.

ISBN: 9798860749337
Sello: Independently published

Ascensión Sánchez Fernández, nacida en Madrid en 1962.

Su amor por la naturaleza y los animales, la llevó a formarse en diferentes disciplinas: Terapeuta en Flores de Bach, Maestría Reiki, Reflexología, Aromaterapia, Gemoterapia, Método Silva. Etc. Hasta que decide aunar todo ello estudiando Naturopatía.

Con gran experiencia en estos campos, comienza a utilizar en Sinergia sus tres terapias favoritas: Flores de Bach+ Aceites Esenciales+ Cuarzos y cristales, y como resultado crea **"Tu Sinergia Emocional",** Que es la protagonista de este libro, en el que te comparte la forma de aprender a crear la tuya propia, facilitándote la labor con tablas y resúmenes.

INTRODUCCIÓN

* Sobre este libro

* Cómo utilizar este libro

CAPITULO I.

Las 38 emociones en las que se centran las Flores de Bach.

"...nuestros temores, nuestras aprensiones, nuestras ansiedades y demás son los que abren la puerta a la invasión de enfermedades..."

Doctor Edward Bach

- Las 38 Emociones definidas en las Flores de Bach
- Qué es la Enfermedad según el Dr. Bach
- Siete grupos de Flores/Emociones: Palabra clave
- Remedio Rescate
- Tabla Resumen: grupo/nombre en español/nombre en inglés/palabra clave

- Las 12 Flores que ejercen de Curadores según tu signo lunar: Tu Flor de Nacimiento
- Cualidad positiva de cada una de las flores de Bach por orden alfabético.
- Imágenes y dibujos para reconocer las flores de Bach en tu entorno

CAPITULO II

Aceites Esenciales, sus propiedades emocionales.

"…uno de los problemas más importantes que enfrentamos hoy en día los seres humanos, es todo aquello relacionado con emociones…sentimientos de tristeza de melancolía…"

Doctor Cesar Rey

- El mayor problema al que nos enfrentamos en la actualidad los Seres Humanos
- Qué son los Aceites Esenciales
- Tres Formas de Uso
- Cómo Funcionan

- Procedencia del aceite esencial y la emoción positiva que nos aporta
- Tabla de Emociones y Aceites Esenciales

CAPITULO III

Cuarzos y Cristales. Cómo apoyan las emociones en cada momento

"...ramas como la astrología consideran que los cuarzos y cristales son transmisores, proyectores, catalizadores y activadores de la energía que reside en nuestro cuerpo y en nuestra alma..."

- Los cuarzos y cristales: Transmisores, catalizadores y activadores de Energía.
- Qué es y cómo utilizar la Gemoterapia
- Propiedades de los cuarzos y cristales según su color
- Relación de los Aceites Esenciales y sus cuarzos y cristales correspondientes
- Tabla de Emociones y Cuarzos y Cristales

CAPITULO IV

Aprende a Testar estas 3 Terapias Emocionales

"...La Intuición es el Susurro del Alma"

U.G. Krishnamurti

- Uso del Péndulo
- Movimientos más comunes del péndulo y su significado
- Comunícate con tu péndulo: SI o NO
- Primer paso para realizar "Tu Sinergia Emocional"
- Pide a tu Péndulo que te seleccione 7 Flores de Bach
- Pide a tu Péndulo que te seleccione 5 Aceites Esenciales
- Pide a tu Péndulo que te seleccione 3 cuarzos o cristales
- Tmbién puedes utilizar las tablas del Capítulo V

CAPITULO V

Tablas para combinar Emociones y terapias

Flores de Bach+Aceites Esenciales
+Cuarzos y Cristales

CAPITULO VI

Aprende a realizar "Tu Sinergia Emocional"

Vas a aprender a crear una mezcla única y exclusiva por tí y para tí, para tu aquí y tú ahora.

- Crea tu mezcla única para tu Aquí y tu Ahora.
- Selecciona o testa un máximo de 7 Flores de Bach
- Selecciona o testa un máximo de 5 Aceites Esenciales
- Selecciona o testa un máximo de 3 Cuarzos o Cristales
- Elaboración de "Tu Sinergia Emocional" paso a paso
- Elaboración de un rolón

CAPITULO VII

Formas de uso, precauciones y recomendaciones para utilizar "Tu Sinergia Emocional"

Todo lo que necesitas saber para utilizar de la forma más adecuada y obtener los mejores resultados

- Importante: "La Calidad SI importa"
- Los Tres Elementos: Flores de Bach+Aceites Esenciales+cuarzos y cristales.
- Precacuciones a tener en cuenta con las Flores de Bach
- Como proteger y cuidar mis Aceites Esenciales
- Como limpiar y Cargar mis Cuarzos y Cristales
- Forma de uso de "Tu Sinergia Emocional"

VIII - MUY IMPORTANTE

IX - AGRADECIMIENTO Y DATOS DE CONTACTO

Sobre Este Libro

Este es un libro en el que he reunido las tres terapias que a mí personalmente me han dado los mejores resultados a la hora de trabajar mis propias Emociones, así como las Emociones de mis pacientes en mi consulta de naturopatía

Empezaremos por ver la definición que la R.A.E. hace de los términos Emociones y Naturopatía.

Emociones:
1. f. Alteración del ánimo intensa y pasajera, agradable o pe nosa, que va acompañada de

cierta conmoción somática.

Naturopatía:

Del ingl. *naturopathy,* de *nature* 'naturaleza' y *-pathy* '-patía'.

1. f. Método curativo de enfermedades humanas medi ante el uso de productos
naturales.

Después de muchos años de experiencia he comprobado que si usamos estos tres o más elementos terapéuticos en sinergia (Acción de dos o más causas cuyo efecto es superior a la suma de los efectos individuales), vamos a obtener resultados más rápidos y duraderos para equilibrar nuestras Emociones.

Eso me llevó a crear **"TU SINERGIA EMOCIONAL"**. Las tres terapias que utilizo en esta sinergia son: ***Flores de Bach, Aceites Esenciales, Cuarzos y Cristales.***

Todas ellas se llevan utilizando por separado desde hace años para el control de las Emociones.

Son tres elementos naturales que desde el principio de los tiempos Existen, Son Energía Pura, Forman un Todo…

Se Reconocen, Se Integran, Armonizan y Equilibran nuestras Emociones.

Seguro que has escuchado muchas veces que el origen de la mayoría de nuestras enfermedades está en el fondo de nuestras Emociones, y si no conseguimos gestionarlas es cuando aparecen los síntomas de una u otra enfermedad.

Este libro te va a facilitar las herramientas, para qué de forma práctica, puedas realizar tú mismo esa sinergia que necesitas en este momento.

Actualmente disponemos de medicamentos que de forma rápida nos curan los síntomas y nos enmascaran las emociones que las estaban produciendo. Así es que vamos a ir a la raíz, al fondo de la cuestión, para tratar de que esos síntomas no aparezcan o en tal caso que vayan disminuyendo paso a paso.

Te imaginas un mundo distópico, lo que ya empieza a denominarse como *"el gran apagón"* en el que ya no podríamos acceder a las medicinas a las que estamos tan acostumbrados.

Entonces volveríamos de nuevo los ojos a las flores, los árboles, los cuarzos y en general todo lo que la naturaleza nos ofrece, y seríamos conscientes de todo lo que nos brinda para nuestro propio cuidado.

Al final de este libro, con toda la información de estas tres grandes terapias que he sintetizado para ti en resúmenes y tablas, podrás realizar **"TU SINERGÍA EMOCIONAL",** una mezcla totalmente personalizada por ti y para ti, para tú aquí y tú ahora, Y seguramente también te animes a realizar para tus familiares y amigos y poder ayudar a que sus Emociones también estén en perfecta armonía.

Cómo utilizar este libro:

En los tres primeros capítulos te sintetizaré lo que son las Flores de Bah, los aceites esenciales y los cuarzos y cristales.

Aquí te facilitaré, resúmenes, listas ordenadas por grupos, por palabras claves, por orden alfabético, etc. Si quisieras profundizar en algunas de estas terapias al final te haré una lista de recomendaciones de libros.

En el libro en papel quizás podrás apreciar mejor las fotografías, dibujos y presentaciones que de forma más visual te facilitarán el aprendizaje, y que tiene menos calidad en este formato -

En el cuarto capítulo te enseñaré a testar cada uno de ellos con el péndulo. Esto te va a dar mucha información sobre las emociones que necesitas trabajar en este momento, iremos aplicando el método que el Dr. Bach definía como "Capas de Cebolla", esto quiere decir que primero trataremos las siete emociones que están más en la superficie, para ir llegando después a las más profundas.

Puedes utilizar este libro, comenzando por testar solo una de las tres terapias, por ejemplo, las flores de Bach y allí ya tendrías tus 7 emociones prioritarias. O testar los aceites y averigua los que son más adecuados en este momento, o incluso que cuarzos serían los más eficaces para poner en casa o llevar contigo.

Lo que yo te recomiendo es que si quieres lo leas primero todo de una vez, y después vayas avanzando paso a paso. Si lo haces así, cuando termines habrás aprendido a hacer tu formula personalizada de Flores de Bach, y un rolón de aceites esenciales con el fondo de cuarzos, para que se conviertan en tus mejores herramientas para llegar hasta la última capa de la cebolla. Tu Corazón.

CAPITULO I.

Las 38 emociones en las que se centran las Flores de Bach.

"...nuestros temores, nuestras aprensiones, nuestras ansiedades y demás son los que abren la puerta a la invasión de enfermedades..."

Doctor Edward Bach

El Doctor Edward Bach nos dejó escrito que "Un buen médico ha de ser capaz de reconocer la enfermedad´- Basándose en ciertos estados de ánimo y actitudes- antes de que se manifieste como enfermedad física. Entonces podrá practicar con eficacia una auténtica medicina preventiva."

"La enfermedad es, en esencia el resultado de un conflicto entre el Alma y la Mente, y no se erradicará más que con un esfuerzo espiritual y mental.

El Dr. Bach dividió su terapia emocional en 7 grupos formados por 38 emociones de las que destacó

especialmente los 12 curadores.

SIETE GRUPOS- PALABRAS CLAVE

GRUPO 1 MIEDO:

- MIMULUS/MIMULO: Miedos conocidos

- ASPEN/ALAMO TEMBLON: Miedos sobrenaturales

- ROCK ROSE/HELIANTEMO: Pánico, terror agudo

- CHERRY PLUM/CERASÍFERA: Miedo a perder el control

- RED CHESNUT/CASTAÑO ROJO: Miedo por los seres queridos

GRUPO 2 INCERTIDUMBRE:

- CERATOSTIGMA/CERATO: Inseguridad. No confiar en la propia intuición
- SCLERANTUS/ESCLERANTO: Indecisión entre dos opciones
- GENTIAN/GENCIANA: Tristeza, pesimismo
- GORSE/AULAGA: Desesperanza
- HORBEARN/HOJARAZO: Pereza, rutina
- WILD OAT/AVENA SILVESTRE: Indecisión entre muchas opciones, dispersión

GRUPO 3 DESINTERÉS:

- CLEMATIDE/CLEMATIS: Ensoñación, estar en las nubes.
- HONEYSUCKLE/MADRESELVA: Nostalgia, añoranza de tiempos pasados.
- WILDE ROSE/ROSA SILVESTRE: Apatía, falta de motivación.
- WHITE CHESNUT/CASTAÑO BLANCO: Disco rayado, dialogo interno repetitivo
- OLIVE/OLIVO: Agotamiento físico y mental

- MUSTARD/MOSTAZA BLANCA: Depresión endógena de origen desconocido
- CHESNUT BUD/BROTE DE CASTAÑO: Repetición de errores

GRUPO 4 SOLEDAD:

- IMPATIENS/IMPACIENCIA: Impaciencia
- WATER VIOLET/VIOLETA DE AGUA: Aislamiento
- HEATHER/BREZO: Egocentrismo

GRUPO 5 HIPERSENSIBILIDAD:

- AGRIMONY/AGRIMONIA: Ansiedad tras una máscara de sonrisa
- CENTAURY/CENTAUREA: Sometimiento (Felpudo)
- WALNUT/NOGAL: Cambios. Adaptación o necesidad de cambios.
- HOLLY /ACEBO: Celos, envidia

GRUPO 6 ABATIMIENTO/DESESPERACIÓN:

- LARCH/ALERCE: Complejo de Inferioridad

- PINE/PINO: Sentido de Culpa

- ELM/OLMO: Agobio, Rebosamiento.

- STAR OF BETHELEHEM/ESTRELLA DE BELEN: Trauma. Antiguo o reciente

- SWEET CHESNUT/CASTAÑO DULCE: Angustia extrema, desesperación.

- WILOW/SAUCE: Resentimiento. Victimismo

- CRAB APPLE/MANZANA SILVESTRE: Obsesión Limpieza, física y espiritual

- OAK/ROBLE: Excesivo sentido del deber para con los demás

GRUPO 7 PREOCUPACIÓN (POR LOS DEMÁS)

- CHICORY/ACHICORIA: Posesividad con los seres queridos

- VERVAIN/VERBENA: Exceso de energía, fanatismo

- VINE/VID: Autoritarismo. Dominación

- BEECH/HAYA: Intolerancia. Incomprensión.

- ROCK WATER/AGUA DE ROCA: Inflexibilidad, Rigidez

REMEDIO RESCATE (Cherry Plum, Clematis, Impatiens, Rock Rose y Star of Bethlehem.).

El cuadro siguiente en el que te pongo las flores con su nombre en español y en inglés, así como la palabra clave con la que vas a identificar cada flor de manera más sencilla, ya te serviría para poder testar esas primeras emociones que necesitas trabajar, recuerda que no debes trabajar con más de 7 emociones a la vez, así es que si te salieran más en la primera ocasión, ves haciendo diferente testajes entre las que vayas obteniendo hasta quedarte solo con las siete emociones de tú aquí y de tú ahora.

Después de la **TABLA DE FLORES DE BACH**, te comparto **IMÁGENES** para que reconozcas las Flores de Bach en tu entorno natural cercano.

La única Flor que el Dr. Bach mandó traer del Tíbet fue el **CERATO.** Esta flor nos potencia la intuición y nos ayuda a tener seguridad en nuestras decisiones.

CUADRO DE FLORES DE BACH

Grupo	Nombre de la Flor	Nombre Ingles	Palabra Clave
GRUPO -1- MIEDO	Mímulo	Mimulus	Miedo Conocido
	Álamo Temblón	Aspen	Miedo Sobrenatural
	Heliántemo	Rock Rose	Pánico, Terror
	Cerasífera	Cherry Plum	Miedo al Descontrol
	Castaño Rojo	Red Chesnut	Miedo por los Seres Queridos
GRUPO -2- INCERTIDUMBRE	Cerato	Ceratostigma	Inseguridad
	Escleranto	Sclerantus	Indecisión
	Genciana	Gentian	Trsiteza, Pesimismo
	Aulaga	Gorse	Desesperanza
	Hojarazo	Hornbeam	Pereza, Rutina
	Avena Silvestre	Wild Oat	Insatisfacción
GRUPO -3- DESINTERÉS	Clemátide	Clematis	Ensoñación
	Madreselva	Honeysuckle	Nostalgia, Añoranza
	Rosa Silvestre	Wild Rose	Apatía
	Castaño Blanco	White Chesnut	Diálogo Interno
	Olivo	Olive	Agotamiento Físico
	Mostaza Blanca	Mustard	Depresión Endógena
	Brote de Castaño	Chesnut Bud	Repetición de Errores
GRUPO -4- SOLEDAD	Violeta de Agua	Water Violet	Aislamiento
	Impaciencia	Impatiens	Impaciencia
	Brezo	Heather	Egocentrismo
GRUPO -5- HIPERSENSIBILIDAD	Agrimonia	Agrimony	Ansiedad
	Centáurea	Centaury	Sometimiento
	Nogal	Walnut	Cambios
	Acebo	Holly	Celos, Envidia
GRUPO -6- ABATIMIENTO	Alerce	Larch	Inferioridad
	Pino	Pine	Culpabilidad
	Olmo	Elm	Agobio
	Estrella de Belen	Star Bethlehem	Trauma
	Sauce	Wilow	Resentimiento
	Manzano Silvestre	Crab Apple	Obesivo Limpieza
	Roble	Oak	Excesivo Sentido Deber
GRUPO -7- PREOCUPACIÓN	Achicoria	Chicory	Posesividad
	Verbena	Vervain	Exceso de Energía
	Vid	Vine	Autoritarismo
	Haya	Beech	Intolerancia
	Agua de Roca	Rock Water	Inflexibilidad
RESCATE	Rescate	Rescue	Emergencia, Urgencia

GRUPO 1

MIEDO

MÍMULOS/ MIMULUS = MIEDOS CONOCIDOS

GRUPO 1

MIEDO

ÁLAMO TEMBLÓN/ ASPEN = MIEDOS SOBRENATURALES

GRUPO 1

MIEDO

HELIANTEMO/ ROCK ROSE = PÁNICO, TERROR AGUDO

GRUPO 1

MIEDO

CERASÍFERA/ CHERRY PLUM = MIEDO A PERDER EL CONTROL

GRUPO 1

MIEDO

CASTAÑO ROJO/ RED CHESTNUT = MIEDO POR LOS SERES QUERIDOS

GRUPO 2

INCERTIDUMBRE

CERATO/ CERATOSTIGMA = INSEGURIDAD, DUDA DE TU INTUICIÓN

GRUPO 2

INCERTIDUMBRE

ESCLERANTO/ SCLERANTUS = INDECISIÓN ENTRE DOS OPCIONES

GRUPO 2

INCERTIDUMBRE

GENCIANA/ GENTIAN = TRISTEZA, PESIMISMO

GRUPO 2

INCERTIDUMBRE

AULAGA/ GORSE = DESEPERACIÓN

GRUPO 2

INCERTIDUMBRE

HOJARAZO/ HORNBEAM = PEREZA, RUTINA

GRUPO 2

INCERTIDUMBRE

AVENA SILVESTRE/ WILD OAT = DISPERSION

GRUPO 3

DESINTERÉS

CLEMÁTIDE/ CLEMATIS = ENSOÑACIÓN, ESTAR EN LAS NUBES

GRUPO 3

DESINTERÉS

MADRESELVA/HONEYSUCKLE = NOSTALGIA, AÑORANZA

GRUPO 3

DESINTERÉS

ROSA SILVESTRE/ WILD ROSE = APATÍA

GRUPO 3

DESINTERÉS

CASTAÑO BLANCO/ WHITE CHESTNUT = DIALOGO REPETITIVO, DISCO RAYADO

GRUPO 3

DESINTERÉS

OLIVO/OLIVE = AGOTAMIENTO FÍSICO Y MENTAL

GRUPO 3

DESINTERÉS

MOSTAZA BLANCA/ MUSTARD = DEPRESIÓN ENDÓGENA

GRUPO 3

DESINTERÉS

BROTE DE CASTAÑO/ CHESTNUT BUD= REPETICIÓN DE ERRORES

GRUPO 4

SOLEDAD

VIOLETA DE AGUA/ WATER VIOLET= AISLAMIENTO

GRUPO 4

SOLEDAD

IMPACIENCIA/ IMPATIENS = IMPACIENCIA

GRUPO 4

SOLEDAD

BREZO/ HEATHER = EGOCENTRISMO, FALTA DE ESCUCHA

GRUPO 5

HIPERSENSIBILIDAD

AGRIMONIA/ AGRIMONY = ANSIEDAD OCULTA TRAS UNA MÁSCARA

GRUPO 5

HIPERSENSIBILIDAD

CENTÁUREA/ CENTAURY = SOMETIMIENTO, FELPUDO

GRUPO 5

HIPERSENSIBILIDAD

NOGAL/ WALNUT = ADAPTACIÓN A LOS CAMBIOS

GRUPO 5

HIPERSENSIBILIDAD

ACEBO/ HOLLY = CELOS, ENVIDIA

GRUPO 6

ABATIMIENTO/DESESPERACIÓN

ALERCE/LARCH=COMPLEJO DE INFERIORIDAD

GRUPO 6

ABATIMIENTO/DESESPERACIÓN

PINO/ PINE= SENTIMIENTO DE CULPA

GRUPO 6

ABATIMIENTO/DESESPERACIÓN

OLMO/ ELM= SENSACIÓN DE AGOBIO

GRUPO 6

ABATIMIENTO/DESESPERACIÓN

ESTRELLA DE BELÉN/ STAR OF BETHLEHEM= TRAUMA

GRUPO 6

ABATIMIENTO/DESESPERACIÓN

SAUCE/ WILOW= RESENTIMIENTO, VICTIMISMO

GRUPO 6

ABATIMIENTO/DESESPERACIÓN

MANZANO SILVESTRE/ CRAB APPLE = OBSESIÓN LIMPIEZA

GRUPO 6

ABATIMIENTO/DESESPERACIÓN

ROBLE/OAK= EXCESIVO SENTIDO DEL DEBER

GRUPO 7

PREOCUPACIÓN EXCESIVA POR LOS DEMÁS

ACHICORIA/CHICORY= POSESIVIDAD

GRUPO 7

PREOCUPACIÓN EXCESIVA POR LOS DEMÁS

VERBENA/VERBAIN= DEMOSTRACIÓN EXCESIVA DE ENERGÍA

GRUPO 7

PREOCUPACIÓN EXCESIVA POR LOS DEMÁS

VID/VINE= AUTORITARISMO

GRUPO 7

PREOCUPACIÓN EXCESIVA POR LOS DEMÁS

HAYA/BEECH= INTOLERANCIA

GRUPO 7

PREOCUPACIÓN EXCESIVA POR LOS DEMÁS

AGUA DE ROCA/ROCK WATER= INFLEXIBILIDAD

El Doctor Edward Bach destacó doce flores de entre estas 38, a las que llamó los **Doce Curadores**

- Se corresponden con los *12 tipos de personalidades*
- Están marcado por el *signo zodiacal lunar* (dónde estaba situada la luna en tu nacimiento)
  La Luna rige las emociones y determina:
    El Tipo de Personalidad
    El Objetivo de Vida
    La flor que te va a servir de apoyo

12 PERSONALIDADES/SIGNO LUNAR/FLOR DE NACIMIENTO

ARIES

- Flor de Nacimiento: ***IMPACIENCIA***
- Para *personas demasiado impulsivas*
- Su objetivo de Vida es desarrollar, *la Paciencia*

TAURO

- Flor de Nacimiento: ***GENCIANA***
- Para *personas que están tristes* y desmotivadas
- Su objetivo de Vida es desarrollar la Alegría y el *Optimismo*

GEMINIS

- Flor de Nacimiento: ***CERATO***
- Para *personas que no confían en su Intuición*

- Su objetivo de Vida es desarrollar la Confianza y la *Seguridad*

CANCER

- Flor de Nacimiento: **CLEMÁTIDE**
- Para *personas que están como Ausentes*, en las nubes.
- Su objetivo de Vida es desarrollar el sentido de la *Realidad*

LEO

- Flor de Nacimiento: **VERBENA**
- Para *personas hiperactivas*, con exceso de entusiasmo
- Su objetivo de Vida es desarrollar la *Moderación*

VIRGO

- Flor de Nacimiento: **CENTÁUREA**
- Para *personas con Falta de Voluntad* con tendencia al Sometimiento
- Su objetivo de Vida es desarrollar la *Voluntad*

LIBRA

- Flor de Nacimiento: **ESCLERANTO**
- Para *personas Dubitativas*
- Su objetivo de Vida es desarrollar *La Decisión*

ESCORPIO

- Flor de Nacimiento: **ACHICORIA**
- Para *personas que son muy posesivas*

- Su objetivo de Vida es desarrollar el *Amor Sin Condiciones*

SAGITARIO

- Flor de Nacimiento: **AGRIMONIA**
- Para *personas que hacen de mediadoras ocultando su propia opinión*
- Su objetivo de Vida es *La Sinceridad*

CAPRICORNIO

- Flor de Nacimiento: ***MÍMULO***
- Para *personas que son conscientes de sus propios miedos*
- Su objetivo de Vida es desarrollar *La Valentía*

ACUARIO

- Flor de Nacimiento: ***VIOLETA DE AGUA***
- Para *personas Solitarias*
- Su objetivo de Vida es desarrollar *La Sociabilidad*

PISCIS

- Flor de Nacimiento: **HELIANTEMO**
- Para **personas que se dejan llevar por sus instintos**
- Su objetivo de Vida es desarrollar *La Tranquilidad*

Quiero ofrecerte un pequeño resumen cada una de las flores por orden alfabético, creo que así te resultará mucho más fácil al principio, hasta que ya conozcas con la práctica y la experiencia a que grupo pertenece cada flor.

CUALIDAD DE CADA FLOR DE BACH POR ORDEN ALFABÉTICO

ACEBO (Holly)

CUALIDAD: Esta flor es la "gran catalizadora" del Sistema del Dr. Bach. Desarrolla el Amor cuando hay sentimientos de celos, envidia, ira. Te ayuda a que dejes de sufrir por estos sentimientos pues puede que incluso no exista una causa real para esa desdicha.

ACHICORIA (Chicory)

CUALIDAD: Desarrolla el amor incondicional. En caso de sentimientos de posesividad y autocompasión. No nos sentimos correspondidos a veces, por circunstancias y malas experiencias, "condicionamos" nuestro Amor hacia los demás. Es como aquella madre que le dice a su hijo: - con todo lo que yo he hecho por ti.

AGRIMONIA (Agrimony)

CUALIDAD: Mayor apertura y sinceridad con uno mismo y con los demás. Quizás estemos mostrando una sonrisa que realmente es una "máscara", para no dejar traslucir nuestro dolor y miedo interior.

También utilizamos a veces esta máscara cuando nos sentimos rodeados por un ambiente de hipocresía.

Esta flor te ayudará a equilibrar entre lo que realmente sientes y lo que muestras al resto del mundo.

AGUA DE ROCA (Rock Water)

CUALIDAD: Te ayuda a ser más flexible. Te mantienes fuerte como una roca, pero también debes permitirte mayor flexibilidad y libertad interior cuando te vengan ideas demasiado rígidas y estrictas.

ALAMO TEMBLÓN (Aspen)

CUALIDAD: Desarrolla la confianza y la armonía en estados de miedo, aprehensión y presagios negativos. Miedos sobrenaturales. Nos asusta todo aquello que no podemos controlar y que no depende de nosotros.

ALERCE (Larch)

CUALIDAD: Desarrolla la confianza en uno mismo en caso de complejo de inferioridad, temor al fracaso o vacilación.

AULAGA (Gorse)

CUALIDAD: Palabra clave "desesperación". Esta flor Levanta el ánimo, da una visión nueva en situaciones difíciles cuando parece que nada tiene sentido.

AVENA SILVESTRE (Wild Oat)

CUALIDAD: Ayuda a clarificar las metas y propósitos de la vida. Cuando nos sentimos dispersos. Con muchas ideas y proyectos. Demasiados frentes abiertos. Recuerda si eres aprendiz de muchos serás maestro de nada. Busca tu foco y tu centro

BREZO (Heather)

CUALIDAD: Facilita la apertura, la tolerancia y la comprensión hacia los demás cuando se está demasiado centrado en uno mismo y no se tiene la capacidad de escuchar. Tenemos que desapegarnos de las circunstancias y no llevarlo al terreno personal.

BROTE DE CASTAÑO (Chestnut bud)

CUALIDAD: Mayor atención y asimilación de las experiencias. Para las personas que tienen dificultad en el aprendizaje y no memorizan por falta de atención. Para no repetir patrones ni errores: "el hombre es el único animal que tropieza dos veces en la misma piedra".

CASTAÑO BLANCO (White Chestnut)

CUALIDAD: Tranquilidad mental en momentos de excesiva preocupación. Nuestra mente es como un "disco rayado" que no para de dar vueltas a las ideas que constantemente nos afloran.

El castaño blanco nos ayuda a tranquilizar nuestra mente y reposar las ideas.

CASTAÑO DULCE (Sweet Chestnut)

CUALIDAD: Suaviza la tensión. Da ánimos en estados de depresión y tristeza. Te hace tomar conciencia de todas las cosas buenas que tienes alrededor, te aparta de los pensamientos negativos y te invita a ser agradecido.

CASTAÑO ROJO (Red Chestnut)

CUALIDAD: Distensión y calma cuando existe una excesiva preocupación por nuestros seres queridos. (padres, hijos, pareja…etc.)

Ayuda a confiar en que los demás también poseen capacidad de autocuidado y nos hace comprender que no debemos involucrarnos en exceso. Te invita a dejar volar a tus seres queridos sin temor a que se rompan sus alas.

CENTÁUREA (Centaury)

CUALIDAD: Nos enseña a señalar límites y a saber expresar nuestras propias necesidades. Especialmente para las personas que no saben decir NO, en un esfuerzo constante por agradar y complacer a otros. NO podemos dejarnos ser "el felpudo" de nadie.

CERASÍFERA (Cherry Plum)

CUALIDAD: Nos aporta mayor relajación en situaciones de mucha tensión, especialmente cuando tenemos miedo a perder el control ante determinadas situaciones. (cuando algo o alguien en un momento concreto nos puede sacar de quicio).

CERATO (Ceratostigma)

CUALIDAD: Nos enseña a apreciar nuestra propia intuición y a tener mayor confianza en nuestras propias ideas. Nos ayuda a escuchar antes al corazón que a nuestra mente. Como curiosidad, esta flor es la única que el Dr. Bach mandó traer del Tíbet.

CLEMÁTIDE (Clematis)

CUALIDAD: Nos trae a la realidad presente, es la flor del aquí y del ahora, cuando nos sentimos como en las nubes, con un exceso de fantasía.

ESCLERANTO (Sclerantus)

CUALIDAD: Esta flor representa la constante duda entre la
dualidad **si/no**, **blanco/negro**, **arriba/abajo**, **optimismo/pesimismo**, la lucha constante para escoger entre las dos caras de la misma moneda.

La confusión mental proviene de la indecisión y la inestabilidad. Esta duda también puede producirse a nivel físico como son los vértigos, los mareos, las alergias estacionales

ESTRELLA DE BELÉN (Star of Bethlehem)

CUALIDAD: nos brinda equilibrio, tranquilidad y calma en la parte más profunda de nuestro Alma cuando hemos sufrido un trauma o un shock, reciente o antiguo.

El orden en que aparezca esta flor en tu fórmula personalizada nos dará pistas en relación a si es un trauma de hace mucho tiempo, en el caso de aparecer la primera o si se trata de algo más reciente, si apareciera la última.

GENCIANA (Gentian)

CUALIDAD: Es el remedio que evitará que te desanimes ante los contratiempos. Te aportará confianza en tus propias decisiones, optimismo y seguridad.

Te alejará del pesimismo y la tristeza, y te enseñará a confiar en tu propia intuición

HAYA (Beech)

CUALIDAD: Nos anima a tener más compasión y tolerancia ante las actitudes de crítica hacia los demás, nos ayuda a comprender el comportamiento ajeno y ser más comprensivos en circunstancias diferentes a las nuestras.

HELIANTEMO: (Rock Rose)

CUALIDAD: Nos alivia cuando nuestro miedo se convierte en pánico o terror agudo. Aporta ánimo, calma y tranquilidad. Nos invita a estar más seguros y confiados.

HOJARAZO (Hornbeam)

CUALIDAD: Nos enriquece con vitalidad y frescura cuando nos sentimos abatidos y agotados por la rutina diaria.

Conocida como **la flor del lunes por la mañana**. También se utiliza en casos de apatía sexual.

IMPACIENCIA (Impatiens)

CUALIDAD: Paciencia, comprensión y calma cuando sentimos que la espera nos irrita y produce tensión.

Nos invita a contar hasta diez antes de enfadarnos por los tiempos de espera o por no conseguir las cosas de forma rápida.

MADRESELVA (Honeysuckle)

CUALIDAD: Nos ayuda a disfrutar de lo bueno de nuestro presente cuando nos asalta la nostalgia y añoranza de tiempos pasados. El pasado ya No existe y el futuro lo vas creando desde TÚ ahora. Te invita a olvidar ese dicho: "Cualquier tiempo pasado fue mejor

MANZANO SILVESTRE (Crab Apple)

CUALIDAD: Nos concede la idea de purificación cuando nos sentimos "sucios" física o moralmente. No nos encontramos cómodos en nuestro cuerpo o en algún ambiente que nos rodea (trabajo, escuela, familia, amigos… etc. También nos puede indicar que nuestro ideal de orden y limpieza llega a ser exagerado.

MÍMULO (Mímulus)

CUALIDAD: Nos ayuda a desarrollar valentía y coraje, para superar situaciones de miedos concretos y conocidos: a los perros, a volar, a las alturas, a alguna enfermedad o pérdida etc.

MOSTAZA (Mustard)

CUALIDAD: Nos aporta ánimo y confianza en momentos de tristeza profunda y depresión.

Muchas veces para poder salir de este estado, la persona debe vivir en su totalidad la tristeza, la melancolía y la pena. O sea que se impregne y sienta todo este dolor y este desconsuelo. Que llore todo lo que tenga que llorar, que se encierre en casa si es necesario durante varios días y que vacíe todas esas emociones negativas, para una vez vacía pueda darse cuenta de lo que tiene a su alrededor y empezar a valorarlo, y agradecerlo.

NOGAL (Walnut)

CUALIDAD: Nos proporciona mayor adaptación en momentos de cambio. Ayuda a aceptar nuevas circunstancias y situaciones: cambios de trabajo, mudanzas, en general cualquier cambio que se produzca en nuestra vida actual.

OLIVO (Olive)

CUALIDAD: Nos aporta regeneración y fortaleza cuando nos sentimos agotados física y mentalmente.

Nos invita a descansar, a tomarnos nuestros propios tiempos a relajarnos y disfrutar de la naturaleza: el sol, el aire, el agua, pasear, divertirnos…

OLMO BLANCO (Elm)

CUALIDAD: Nos da la seguridad y la fuerza que necesitamos cuando nos sentimos agobiados por excesos de tareas o responsabilidades.

Nos invita a hacer una sola cosa cada vez, a organizarnos y equilibrar nuestras fuerzas.

PINO SILVESTRE (Pine)

CUALIDAD: Nos concede paz interior para aprender a perdonarnos a nosotros mismos.

El sentimiento de culpa es una emoción dolorosa y el pino nos reconforta y nos enseña a ser magnánimos no solo con los demás si no también con nosotros mismos.

ROBLE (Oak)

CUALIDAD: Aceptar los propios límites de rendimiento cuando trabajamos en exceso hasta llegar al agotamiento total. A todos nos gustaría tener un Roble a nuestro lado, por su capacidad de esfuerzo y entrega.

Si el Roble eres tú, debes aprender a medir tus esfuerzos para no "partirte por la mitad". Un roble sabe cuidar y proteger muy bien a los demás, esta flor te enseñará a cuidarte y protegerte también a ti desde el "Amor Propio".

ROSA SILVESTRE (Wild Rose)

CUALIDAD: Nos aporta motivación, entusiasmo y alegría de vivir cuando pasamos por momentos de apatía, resignación y baja autoestima.

Aprender a querernos y a confiar en nuestras propias capacidades.

SAUCE LLORÓN (Willow)

CUALIDAD: Nos ayuda a vencer la amargura y el resentimiento cuando nos sentimos victimas de nuestro destino. Nos proporciona paz interior.

Nos enseña a tomar la responsabilidad de nuestras propias acciones sin echar la culpa a los demás y a abandonar el victimismo.

VERBENA (Verbain)

CUALIDAD: Proporciona moderación y armonía en momentos en que derrochamos energía en exceso e incluso se puede llegar a situaciones de fanatismo.

Nos ayuda a equilibrarnos en las manifestaciones de nuestros sentimientos.

VID (Vine)

CUALIDAD: Nos enseña a ser más serviciales y respetuosos con los demás, *cuando actuamos de manera autoritaria* imponiendo nuestros criterios. Puede ser por desconfianza, impaciencia o miedo. Esta flor nos va a ayudar a comunicarnos desde el corazón, sin autoritarismo ni formas dominantes.

VIOLETA DE AGUA (Water Violet)

CUALIDAD: Nos ayuda a comunicarnos con los demás de forma más abierta cuando nos sentimos aislados y distanciados.

Podemos sentir que nadie comprende nuestra forma de sentir y pensar, esta flor nos enseña a comunicar otras partes de nosotros más sencillas para interactuar con quienes nos rodean.

REMEDIO RESCATE (Rescue Remedy)

CUALIDAD: Ayuda en momentos que necesitamos un "rescate" rápido en casos de emergencia o urgencia.

Exámenes, parto, accidente, visita al dentista, entrevista de trabajo…Etc.

Se Compone de 5 Flores que actúan en sinergia: Heliantemo, Cerasífera, Impaciencia, Clematide, Estrella de

Belén. Combina en armonía la acción de cada uno de estos remedios.

Si se utiliza dentro de una fórmula personalizada promoverá que las demás flores actúen de forma más rápida.

CAPITULO II

Aceites Esenciales, sus propiedades emocionales.

"...uno de los problemas más importantes que enfrentamos hoy en día los seres humanos, es todo aquello relacionado con emociones...sentimientos de tristeza de melancolía..."

Doctor Cesar Rey

QUÉ SON LOS ACEITES ESENCIALES

DEFINICIÓN Según la Biblioteca Nacional de Medicina de Estados Unidos

"El empleo de Fragancias y Esencias de plantas para alterar o afectar el estado o comportamiento de una persona y facilitar un bienestar Emocional, físico y mental"

- Son compuestos aromáticos volátiles, que se obtienen de diferentes partes de las plantas: flores, arboles, semillas, cortezas, raíces, tallos, resina, Y algunos incluso de la planta completa.

- Su forma de actuación una vez que ha traspasado el sistema olfativo es bastante rápida:

- En 22 segundos las moléculas llegan al cerebro, concretamente al sistema límbico donde se almacenan los recuerdos y las emociones.

- Si lo aplicas de forma tópica. En 2 minutos llegan al torrente sanguíneo.

- En 20 minutos afectan a todas las células del cuerpo.

*Muchos estudios parecen encontrar un beneficio a corto plazo y el alivio sintomático de la ansiedad, el estrés, la depresión. Etc.

Relación anatómica entre el sentido del olfato y las emociones.

La influencia que tiene un olor en nuestro comportamiento es si percibimos este olor como agradable o desagradable.

TRES FORMAS DE USO

AROMÁTICO- Puedes inhalar directamente de la botellita, poner una gota en la palma de tu mano y hacer una respiración lenta e intensa, tambien puedes utilizar un difusor electrónico, para que el aroma llene un espacio completo en tu casa.

TÓPICO.- Lo puedes aplicar directamente en la piel mezclado con un aceite vegetal, (almendra, coco fraccionado, rosa mosqueta etc) que hace de portador. A nivel emocional las zonas del cuerpo para aplicar serían: en las sientes, en el entrecejo (tercer ojo) detrás de las orejas, detrás de la nuca y en las muñecas, planta de los pies y espina dorsal.

INTERNO.- Se puede tomar una gota sublingual, o poner en un vaso de agua, también se puede poner dentro de una cápsula vegetal, sobre todo con los aceites que no nos gusta su sabor. Asegúrate siempre que el aceite que vas a ingerir es de la máxima calidad y de grado terapeutico.

La Naturaleza nos lo pone bastante sencillo a la hora de conocer que aceites son los que emocionalmente necesitamos en cada momento. Solo necesitamos saber de qué parte de la planta se ha obtenido para conocer los beneficicios emocionales que nos aportan.

HIERBAS: Tonifican y calman (cilantro, romero, orégano, mejorana, tomillo, albahaca, geranio)

ESPECIAS: Estimulan el sistema nervioso (canela, clavo, comino, cardamomo, pimienta negra, jengibre.

CÍTRICOS: Elevan el ánimo (Lima, limón, naranja silvestre, mandarina, bergamota, limón verde)

ÁRBOLES: Calman, renuevan, enraízan (Árbol de té, eucalipto, Cedro, ciprés, Incienso …)

MENTOLADOS: Brindan energía y renovación (Menta, hierbabuena…)

FLORES: Promueven armonía y relajación (Rosa, lavanda, jazmín, ylang ylang…)

Y Si seguimos combinando según del lugar de la planta de dónde se ha obtenido el Aceite Esencial, tendremos que de forma general:

FLORES+**ARBOLES**; Nos reconfortan, nos abrazan, nos miman…

HIERBAS+ **ESPECIAS**: Nos inspiran, nos renuevan, nos tonifican…

CÍTRICOS+**MENTOLADOS**: Nos motivan, nos ilusionan, nos apasionan…

ÍNDICE DE EMOCIONES CON ACEITES ESENCIALES

Aceite Esencial	Emoción Desequilibrada	Emoción Equilibrada
Abeto Siberiano	Agobio	Calmado
Albahaca	Agotamiento	Descansado
Árbol de Té	Repetición de errores	Centrado
Árbol Vitae	Miedo por los seres que	Confianza
Baya de Enebro	Miedo sobrenatural	Atrevido
Bergamota	Inferioridad	Igualitario
Cardamomo	Resentimiento	Complacido
Casia	Miedo conocido	Valiente
Cedro	Dialogo interno	Apacible
Cilantro	Pereza, Rutina	Animado
Ciprés	Cambios	Certero
Clavo	Culpa	Perdonado
Copaiba	Pánico, Terror Agudo	Audaz
Eucalipto	Inflexibilidad	Moderado
Geranio	Sometimiento	Estable
Incienso	Ensoñación	Sensato
Jazmín	Trauma	Tranquilo
Lavanda	Ansiedad	Relajado
Lemongrás	Apatía	Motivado
Lima	Intolerancia	Tolerante
Limón	Obsesion Limpieza	Ordenado
Mandarina	Excesivo sentido deber	Equilibrado
Manzanilla Romana	Desesperación	Esperanzado
Mejorana	Aislamiento	Sociable
Melisa	Depresion	Alegre
Menta	Indecisión	Decidido
Mirra	Nostalgia	Realista
Nardo	Egocentrismo	Empático
Oregano	Posesividad	Amor Incondicional
Pachulí	Miedo al Descontrol	Controlado
Petitgrain	Exceso de Energía	Estable
Rosa	Autoritarismo	Ecuanime
Salvia Esclarea	Inseguridad	Seguridad
Sándalo	Envidia, Celos	Confiado
Tomillo	Impaciencia	Paciente
Vetiver	Insatisfacción	Satisfecho
Ylang Ylang	Tristeza, Pesimismo	Contento

CAPITULO III.

Cuarzos y Cristales. Como apoyan las emociones en cada momento

"…ramas como la astrología consideran que los cuarzos y cristales son transmisores, proyectores, catalizadores y activadores de la energía que reside en nuestro cuerpo y en nuestra alma…"

QUÉ ES Y COMO UTILIZAR GEMOTERAPIA

Esta terapia utiliza las gemas como herramientas de sanación, especialmente a nivel emocional.

Una gema es una roca, mineral, vidrio o producto orgánico de origen natural, que se pueden trabajar cortando y puliendo, para confeccionar joyas u otros objetos que mantienen las propiedades energéticas del material de origen.

Algunas han sido sometidas a enormes presiones y otras se han formado en cámaras profundas. Por lo que cada una tiene su propia composición. estructura atómica y vibracional energética.

Cuando nosotros utilizamos esta energía vibracional con una clara intención y propósito es cuando ayudamos a restablecer y equilibrar la energía de nuestro cuerpo, mente y espíritu,

De forma habitual se utilizan cristales, por lo que también la podremos encontrar con el nombre de cristaloterapia. Del mismo modo cabe destacar dentro de la gemoterapia el uso de cuarzos por su gran variedad y versatilidad.

Quizás te estés preguntando cómo funcionan. Considera que nuestro cuerpo. así como los cuarzos y cristales, está hecho de energía por lo que nos podemos convertir en receptores naturales de la frecuencia vibracional del cuarzo o cristal que elijamos,

Hablar de Energía es hablar de Vibración, El cuarzo es pura Energía Univeral (materia prima del Universo).

Se les atribuye una fuerza y cualidad capaz transmutar y acumular Energía y liberarla en el momento necesario.

Los cuarzos y cristales que utilizamos en nuestra joyería guardan Energía que puede influir en nuestro bienestar físico y emocional.

Si es la primera vez que los vas a utilizar para ayudarte a sanar tus emociones, es importante que empieces utilizando aquellos por los que te sientas atraído o te llamen poderosamente la atención, no temas tu intuición nunca falla.

Una vez que ya lo hayas elegido, no basta solo con llevarlos contigo, en forma de pulsera, collar o anillo, o colocarlo en tu cartera o en tu cuarto. Debes transmitirles una intención.

Cada flor, cada aceite, cada cuarzo o cristal emiten una frecuencia de energía distinta en cada caso y estado. Es como cuando sintonizamos una frecuencia de radio buscando la información o música idónea para ese momento concreto.

Desde tiempos remotos nuestros antepasados ya los utilizaban como amuletos, talismanes. Con diferentes intenciones; protección, salud, abundancia, discernimiento, sabiduría, buena suerte. Etc.

Por qué no solo nosotros somos energía todo lo que nos rodea también es energía: nuestros pensamientos, emociones, palabras, gestos. Absolutamente todo.

Como ya te dije anteriormente con las flores y los aceites "la naturaleza nos facilita muchas pistas" para que podamos ir aprendiendo de forma sencilla.

Puedes comenzar por las propiedades de los cuarzos y cristales según sus colores.

BLANCO: El blanco es el color de la pureza, podemos utilizar sus vibraciones para purificar lugares, combatir el estrés, la ansiedad, la tristeza. Y también nos pueden ayudar a mejorar la memoria.

ROSA: Con este color identificamos el Amor, de tal forma que a los cuarzos y cristales de estos colores se les atribuyen propiedades para atraer y mantener el Amor. También es ideal para aprender a quererte a ti mismo, favoreciendo de ese modo la autoestima y la confianza.

AZUL. Los cuarzos y cristales de estos colores nos aportan calma y relajación, por lo que serán de mucha utilidad en momentos de malestar o intranquilidad.

VERDE. El verde es el color de la Esperanza, y esa será la energía que nos aporten los cuarzos y cristales de este color, así mismo nos sirven de gran ayuda para encontrar la prosperidad.

VIOLETA o morado. Color asociado a la Espiritualidad y especialmente a nuestros momentos de meditación. Puedes llevarlo contigo para encontrar a tu yo interior.

AMARILLO es un color que nos inunda de fuerza y optimismo, pero equilibrado con grandes dosis de tranquilidad y crecimiento espiritual. Nos Ayudan a equilibrar mente, cuerpo y espíritu.

MULTICOLOR. Cuando los cuarzos y cristales tienen varios colores nos indican que su energía va a favorecer la creatividad, la buena comunicación y el bienestar.

Podemos empezar a relacionarlos de forma sencilla con los aceites esenciales, Veamos:

1) **ACEITES ESENCIALES FLORALES**
   (Lavanda, Geranio, Ylang, Jazmín, Neroli, Rosa…) Combinarían perfectamente con **CUARZOS Y CRISTALES** de colores **BLANCOS, ROSADOS y MORADOS** (Amatista, Cuarzo Rosa, Ágata Blanca, Piedra Luna, Calcita Rosa, Rodonita…).

2) **ACEITES ESENCIALES DE ARBOLES/MADERA** (Incienso, Arbolvitae, Árbol de Té, Cedro, Sándalo, Ciprés…) Combinas con **CUARZOS Y CRISTALES** de colores **MARRONES** (Ojo de tigre, Topacio, Calcedonia, Jaspe Leopardo, Ágata Dendítrica…)

3) **ACEITES ESENCIALES CÍTRICOS** (Naranja, Limón, Mandarina, Pomelo, Lima, Bergamota…) combinan con **CUARZOS Y CRISTALES** de colores **NARANJAS Y AMARILLOS** (Cuarzo Citrino, Ámbar, Rodocrosita, Cornalina, Piedra Sol, Calcita Naranja…)

4) **ACEITES ESENCIALES MENTOLADOS** (Menta, Hierbabuena, Eucalipto, Romero, Gaulteria…) combinan con **CUARZOS Y CRISTALES** de colores **AZULADOS** (Turmalina Azul, Turquesa, Aguamarina, Lapislázuli, Topacio Azul. Ópalo Azul)

5) **ACEITES ESENCIALES DE HIERBAS** (Tomillo, Orégano, Albahaca, Romero, Mejorana…) combinan con **CUARZOS Y CRISTALES** de colores **VERDES** (Malaquita, Esmeralda, Fluorita, Aventurina, Peridoto, Turmalina Verde)

6) **ACEITES ESENCIALES DE ESPECIAS** (Canela, Clavo, Cardamomo, Pimienta Negra, Pimienta Rosa, Cilantro…) combinan con

CUARZOS Y CRISTALES de colores **ROJOS**
(Granate, Jaspe Rojo, Rubí, Coral, Topacio, Ópalo Rojo…)

En la siguiente tabla te relaciono diferentes estados emocionales con algunos de los cuarzos y cristales más conocidos y fáciles de adquirir. Esto es solo una sugerencia tu puedes desarrollar tu propia tabla, nada de lo que te facilito es para que lo utilices de forma rígida, modestamente solo quiere servir de referencia hasta que tú vayas profundizando al ritmo que tu propia intuición e intención te vayan marcando.

ÍNDICE DE EMOCIONES CON CUARZOS Y CRISTALES

Cuarzos y Cristales	Emoción Desequilibrada	Emoción Equilibrada
Calcedonia Rosa	Agobio	Calmado
Calcedonia Roja	Agotamiento	Descansado
Ojo de Tigre	Repetición de errores	Centrado
Turmalina Roja	Miedo por los seres que	Confianza
Turmalina Negra	Miedo sobrenatural	Atrevido
Cuarzo Hialino	Inferioridad	Igualitario
Selenita	Resentimiento	Complacido
Turmalina Verde	Miedo conocido	Valiente
Obsidiana	Dialogo interno	Apacible
Cornalina	Pereza, Rutina	Animado
Calcedonia	Cambios	Certero
Agata	Culpa	Perdonado
Trmalina Sandía	Pánico, Terror Agudo	Audaz
Sugilita	Inflexibilidad	Moderado
Malaquita	Sometimiento	Estable
Ambar	Ensoñación	Sensato
Cuarzo ahumado	Trauma	Tranquilo
Amatista	Ansiedad	Lavanda
Jade	Apatía	Motivado
Piedra Sol	Intolerancia	Tolerante
Citrino	Obsesion Limpieza	Ordenado
Sodalita	Excesivo sentido deber	Equilibrado
Cuarzo Tibetano	Desesperación	Esperanzado
Hematite	Aislamiento	Sociable
Angelita	Depresion	Alegre
Turquesa	Indecisión	Decidido
Piedra Luna	Nostalgia	Realista
Lapislazuli	Egocentrismo	Empático
Azurita	Tristeza, Pesimismo	Contento
Aventurina	Posesividad	Amor Incondicional
Turmalina Rosa	Miedo al Descontrol	Controlado
Ónice	Exceso de Energía	Estable
Granate	Autoritarismo	Ecuanime
Labradorita	Inseguridad	Seguridad
Cuarzo Rosa	Envidia, Celos	Confiado
Heliotropo	Impaciencia	Paciente
Fluorita	Insatisfacción	Satisfecho

CAPITULO IV

Aprende a Testar estas Tres Terapias Emocionales

"...La Intuición es el Susurro del Alma"

U.G. Krishnamurti

Para testar las emociones prioritarias a trabajar en este momento vamos a utilizar el péndulo.

Si es la primera vez que vas a utilizar el péndulo te daré algunas sencillas indicaciones:

El péndulo es una herramienta de radiestesia que nos permite realizar preguntas concretas, con respuestas sí o no, o si lo utilizamos como en este caso para testar entre un grupo de flores, aceites, cuarzos etc. Nos elegirá las que necesitemos en este momento.

Primero elige un péndulo que te atraiga, que te llame poderosamente la atención. Los hay de diferentes materiales (metales, cuarzos, cristales…) y distintos colores. El que tu elijas será el más adecuado para realizar tus testajes.

Una vez que ya hemos elegido nuestro péndulo, concretamos un movimiento de comunicación. Cogiendo el péndulo desde la parte de arriba de la cadena, le decimos bien de forma mental o en voz alta "Péndulo dame un SI", el giro que el péndulo realice en ese momento será el que realizará siempre para darte una respuesta positiva. Repite la misma operación "Péndulo dame un NO" para obtener las respuestas negativas.

Cada persona puede tener diferentes movimientos establecidos con su péndulo, Quizás mi SI sea un giro a la derecha y el tuyo sea un giro a la izquierda. La comunicación con tú péndulo es única y personal.

De todas formas, te doy los movimientos más comunes, que insisto, no tienen por qué ser necesariamente los tuyos.

- Giro en el sentido de las agujas del reloj: Sí o positivo.

- Giro en el sentido contrario a las agujas del reloj: No o negativo.

- Movimiento hacia delante y hacia atrás: Ni sí ni no (indiferente).

- Oscilación lateral: pregunta mal formulada o sin respuesta.

- Oscilación diagonal: indica dirección.

El primer paso para realizar **"Tu Sinergia Emocional"**, es testar con el péndulo las 38 Emociones de las Flores de Bach, pidiendo a tu péndulo que te dé un SI en las 7 emociones prioritarias que necesitas equilibrar en este momento.

Lo normal, cuando ya tienes práctica y experiencia, es que efectivamente solo te salgan las 7 flores que necesites, pero puede ser que al principio te salgan algunas más. En ese caso repite la operación de testar con el péndulo hasta que solo queden 7 flores.

Puedes repetir la misma operación para testar los aceites esenciales, en este caso hasta obtener 5 Aceites.

Y después testaremos los cuarzos hasta obtener tres.

Importante: 7 Flores, 5 Aceites esenciales y 3 Cuarzos o cristales

También puedes testar únicamente las siete emociones que te describen las Flores de Bach y a partir de ahí utilizar los aceites esenciales y cuarzos relacionados en las tablas.

CAPITULO V.

	SINERGIAS TERAPIAS		
	Nombre de la Flor	**Aceites Esenciales**	**Cuarzos y Cristales**
GRUPO -1- MIEDO	Mímulo	Casia	Turmalina Verde
	Álamo Temblón	Baya de Enebro	Turmalina Negra
	Heliántemo	Copaiba	Turmalina Sandía
	Cerasífera	Pachulí	Turmalina Rosa
	Castaño Rojo	Arbovitae	Turmalina Roja
GRUPO -2- INCERTIDUMBRE	Cerato	Salvia Esclarea	Labradorita
	Escleranto	Menta	Turquesa
	Genciana	Ylang Ylang	Azurita
	Aulaga	Manzanilla Romana	Cuarzo Tibetano
	Hojarazo	Cilantro	Cornalina
	Avena Silvestre	Vetiver	Fluorita
GRUPO -3- DESINTERÉS	Clemátide	Jengibre	Ambar
	Madreselva	Mirra	Piedra Luna
	Rosa Silvestre	Lemongrass	Jade
	Castaño Blanco	Cedro	Obsidiana
	Olivo	Albahaca	Calcedonia Verde
	Mostaza Blanca	Melisa	Angelita
	Brote de Castaño	Árbol de Té	Ojo de tigre
GRUPO -4- SOLEDAD	Violeta de Agua	Mejorana	Hematite
	Impaciencia	Tomillo	Heliotropo
	Brezo	Nardo	Lapislazuli
GRUPO -5- HIPERSENSIBILIDAD	Agrimonia	Lavanda	Amatista
	Centáurea	Geranio	Malaquita
	Nogal	Ciprés	Calcedonia Azul
	Acebo	Sándalo	Cuarzo Rosa
GRUPO -6- ABATIMIENTO	Alerce	Bergamota	Cuarzo Hialino
	Pino	Clavo	Agata
	Olmo	Abeto Siberiano	Calcedonia Rosa
	Estrella de Belen	Jazmín	Cuarzo Ahumado
	Sauce	Cardamomo	Selenita
	Manzano Silvestre	Limón	Citrino
	Roble	Mandarina	Sodalita
GRUPO -7- PREOCUPACIÓN	Achicoria	Orégano	Aventurina
	Verbena	Petitgrain	Ónice
	Vid	Rosa	Granate
	Haya	Lima	Piedra Sol
	Agua de Roca	Eucalipto	Sugilita
RESCATE	Rescate	Incienso	Shungita

CAPITULO VI

Aprende a realizar "Tu Sinergia Emocional"

Vas a aprender a crear una mezcla única y exclusiva por ti y para ti, para tu aquí y tu ahora.

TE propongo DOS opciones

1- PUEDES HACER TU FORMULA PERSONALIZADA DE

FLORES DE BACH+ ROLON DE ACEITES ESENCIALES CON CUARZOS EN EL FONDO.

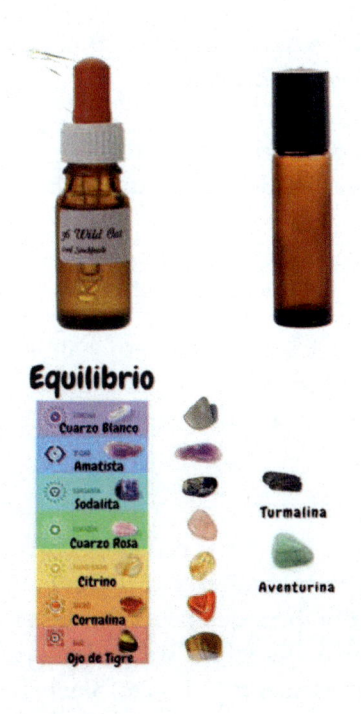

2- O PUEDES UTILIZAR UN SOLO FRASCO DE CRISTAL OSCURO CONTENIENDO ESTOS TRES ELEMENTOS.

TU SINERGIA EMOCIONAL = Flores de Bach + Aceites Esenciales+ Cuarzos y cristales.

Tienes mucha más información y recetas en mis Instagram : @naturalascen y @la.despensa.naturalascen

Te voy a detallar todo el proceso con un ejemplo práctico.

Blanca ya ha leído y entendido todos los datos del libro y ahora quiere por fin hacer su Sinergia Emocional para ella misma y después le ha prometido hacérsela a su mejor amiga y a su hermana pequeña.

PASO 1: Blanca va a testar con su péndulo las 7 emociones dentro de las 38 de las Flores de Bach, para testar no es necesario que tengas las flores de Bach, de manera física y real contigo, también puedes hacerlo sobre los nombres que tienes en orden alfabético en este libro o en algunas de las tablas ordenadas por emociones. Ya tienes el primer elemento de Tu Sinergia Emocional

PASO 2: Blanca quiere ahora tener el segundo elemento, un máximo de 5 aceites esenciales de grado terapéutico, para ello también puede proceder a testar o utilizar la tabla en que ya vienen relacionados con las flores de Bach.

PASO 3: Solo falta ahora obtener los 3 cuarzos o cristales, que de nuevo podríamos testar o utilizar los que ya te vienen relacionado en la tabla.

PASO 4: Blanca ya tiene los 3 elementos que necesita para hacer Su Sinergia Emocional, ahora solo necesita un frasco gotero de 30 ml. y de color oscuro en el que irá depositando en este orden cada uno de los elementos. Blanca también va a elegir un conservante para que la mezcla tenga más tiempo de duración, puede optar por añadir 30 gotas de brandy o si prefiere que no contenga alcohol utilizar glicerina liquida (La glicerina es un aditivo alimentario natural, de sabor dulce que se utiliza como alternativa al brandy para conservar por más tiempo mezclas herbales y esencias florales. Esto es una ventaja para los pacientes que desean evitar la exposición al alcohol, niños o mascotas).

PASO 5: Blanca ya ha puesto en su frasco de 30 ml. de color oscuro, el conservante, ahora procede a añadir 2 o 3 gotas de cada una de las 7 flores de Bach que ya tiene reservadas. El hecho de que elijas 2 o 3 gotas va a depender de tu energía vibracional numérica. Si te gustan más los números pares utiliza 2, si te gustan más los impares utiliza 3.

PASO 6: Blanca añade igualmente 2 o 3 gotas de un máximo de los 5 aceites elegidos o testados, comprobando que son aceites de grado terapéutico y que se pueden ingerir, si no es así, Blanca puede hacer luego un rolón de aceites esenciales para utilizar de manera tópica y convertirlo en su fragancia personal al mismo tiempo que va equilibrando sus emociones. Cada vez que el aroma pasa al sentido olfativo de Blanca en 2 segundos va llegar a su sistema límbico, el área del cerebro donde se almacenan sus emociones y sus recuerdos, y se van a producir una serie de reacciones químicas que ayudarán a favorecer su bienestar emocional.

PASO 7. Blanca ya termina Su Sinergia Emocional añadiendo los 3 cuarcitos elegidos o testados al fondo, para que su vibración complete la de las flores y los aceites, y al actuar en Sinergia se vea potenciada y amplificada. Blanca añade para completar el frasco de 30 ml. con agua de manantial, si no tienes a tu alcance utiliza el agua de la mejor calidad que puedas conseguir.

PASO 8: Ahora Blanca va a probar la forma de tomar Su Sinergia Emocional, Para ello va a agitar el frasco varias veces y con el cuentagotas va a poner 2 o 3 gotas debajo de la lengua. Lo va a tomar varias veces al día según vaya viendo que se encuentra mejor anímicamente. Si su contenido lo gasta antes de un mes puede repetir esta misma fórmula, si ya ha pasado más tiempo lo ideal es repetir todo el proceso y seguir trabajando otras emociones.

COMO HACER TU ROLON DE SINERGIA EMOCIONAL:

Te puedes hacer un rolón, para añadir, la forma tópica, a la sinergia que ya has preparado para consumir de forma interna o bien para sustituirlo porqué prefieres el uso tópico al oral. Utiliza los mismas flores, aceites esenciales y cuarzos que ya has utilizado para la forma oral.

Recuerda que eres tú la que decides como hacerlo y lo que decidas será lo mejor para ti en este momento. Tu Intuición no te va a fallar.

Para el rolón vas a necesitar igualmente poner por orden tus 7 flores de Bach+ 5 Aceites esenciales+ 3 Cuarzos. Un rolón del tamaño que prefieras, te recomiendo el de 10 ml, pero también lo puedes hacer en los de 5ml y 3 ml. Solo que en este caso no se completa con agua manantial si no con un aceite vegetal (Coco, Almendras, Jojoba, Caléndula, Argán, Rosa mosqueta etc.)

Yo particularmente para completar tu rolón emocional, te recomiendo aceite de coco fraccionado, por qué es un aceite vegetal, qué al estar fraccionado, no tiene olor, dando el protagonismo por tanto a los aromas, tan beneficiosos, de los aceites esenciales, y se mantiene siempre líquido.

Aplícatelo en las zonas donde usarías el perfume, en las muñecas, detrás de las orejas, cerca del corazón, sienes, nuca, entrecejo (tercer ojo), y sobre todo acércalo a tu nariz y aspira su fragancia así como la energía que emana de las flores de Bach y de los cuarzos.

CAPITULO VII

Formas de uso, precauciones y recomendaciones para utilizar Tu Sinergia Emocional

Todo lo que necesitas saber para utilizar de la forma más adecuada y obtener los mejores resultados

Es muy **IMPORTANTE**, que a la hora de elegir tanto las Flores de Bach, como los Aceites Esenciales y los Cuarzos y Cristales, te asegures que sean de máxima calidad

" La Calidad SI Importa"

Ya has visto en los capítulos anteriores, que cómo eje principal usamos las Flores de Bach, por qué nos definen de forma más exacta las características de las emociones que necesitamos equilibrar en el momento.

Lo importante, para mí, es que uses los tres elementos **FLORES DE BACH+ACEITES ESENCIALES+ CUARZOS Y CRISTALES,** al mismo tiempo, y tú eliges si lo unes todo en el mismo frasco, o decides hacer también un rolón, o incluso se me han dado casos de personas que prefieren no poner cuarzos en el fondo y llevarlos puesto en forma de colgante, anillo, pendientes, etc.

Cualquiera de estos tres elementos tiene unas precauciones y unos cuidados parecidos, de todas formas, prefiero ponértelos de manera individual, para que no te quede ninguna duda.

PRECACUCIONES CON LAS FLORES DE BACH

- No tomar menta al menos media hora antes
- Distanciar del cepillado de dientes
- No mezclar con bebidas alcohólicas
- No exponer al calor
- Alejar de dispositivos electrónicos
- No guardar con medicamentos
- No guardar con perfumes
-

COMO PROTEGER Y CUIDAR MIS ACEITES ESENCIALES

- Utiliza solo Aceites Esenciales de calidad terapéutica
- Comprueba si se pueden ingerir (uso interno) o si son de uso tópico o aromático
- - Cerrados, alejados de la luz solar, frasco oscuro
- - Proteger de otras energías perjudiciales:

    *Teléfono Móvil
    *Medicamentos
    *Perfumes Sintéticos

Algunas cuestiones que debes tener en cuenta para reconocer la calidad y la pureza de un Aceite Esencial.

La composición de un A.E, puro tiene que ser igual a la planta que especifica la etiqueta. Ej. "lavandula angustifolia"

El A.E. puro no debe llevar mezcla de otras plantas ni maleza que crece junto a la especie.

El A.E. puro solo debe destilarse de las partes de la planta claramente especificada.

El A.E. debe ser 100x100 NATURAL, 100x100 PURO y 100x100 COMPLETO

Trucos para diferenciar aceites esenciales puros frente a los adulterados o de escasa potencia

HAZ UNA PRUEBA EN TUS MANOS: echa una gota de aceite esencial, inhala y frota, si es puro se volatilizará rapidamente y en tu mano no quedará nada pegagoso. Recuerda que el aceite esencial puro pasa muy rapidamente del estado líquido al gaseoso por eso una de las precauciones que debes tener es cerrar bien tus botellitas de aceites.

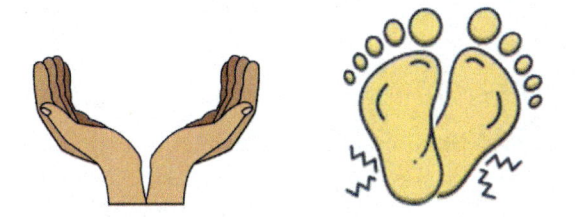

HAZ UNA PRUEBA EN TUS PIES: Aplicate unas gotas deaceite esencial de menta en las plantas de los pies.Si es puro a los 20 minutos te olerá el aliento a menta

CÓMO LIMPIAR Y CARGAR MIS CUARZOS Y CRISTALES

Limpiar:

- Con Agua Natural
- Con humo de Salvia o de Palo Santo
- Con Meditación/Visualización

- Luna Llena
- Luz del Sol
- Música 432 Hz
- Devuélvelo a Tierra
-

Luna Llena:

Basta con dejar tu cristal a la luz de la luna durante la noche de Luna Llena, ya que está tiene una energía suave e increíble que programará inmediatamente nuestro cristal. Retira tu cristal antes de que salga el sol.

Luz del Sol:

Este método consiste en la exposición de tu cuarzo a la luz del sol, algunos cristales como la amatista o el cuarzo rosa u otros con bastante energía femenina no se deben dejar a exposición directa del sol. Los cristales como el citrino que tiene energía masculina son ideales para cargarlos con este método

Música 432 Hz:

Con este método puedes recargar tu gema gracias a las frecuencias musicales que, resuenan sobre el cristal. Además, tendrá grandes beneficios en tu interior.

Devuélvelo a Tierra

Busca un rincón en tu jardín o en tu maceta preferida. Entiérralo el tiempo que consideres oportuno o hasta que lo vuelvas a utilizar de nuevo. Si utilizas este método añade después del de limpieza con agua.

ELIGE tu método favorito, puedes ir variando según sientas. Ten en cuenta que siempre debemos hacerle caso a nuestra intuición de cuando y como hacer esta recarga ya que no existen tiempos específicos.

Y por último mi recomendación personal, y así es como yo lo hago,

No lo conviertas en un trabajo o una obligación, sino en un momento de

CONEXIÓN MÁGICA con la Naturaleza, de disfrute e ILUSIÓN.

FORMAS DE USO DE TU SINERGIA EMOCIONAL

Esta sinergia emocional, ha sido creada única y exclusivamente por y para ti.

Por eso déjate llevar por tu intuición a la hora de tomarla, cada vez que sientas que debes tomarla ese será, sin duda, el momento adecuado.

El número de gotas que debes poner, encima o debajo de la lengua también lo dejo a tu elección: 2,3,4,5… cada quien vibra con la energía de un número determinado.

Alguna recomendación sería tomar como mínimo 3 veces al día (mañana, tarde y noche) yo particularmente tomo 3 o 5 gotas, puesto que mi vibración numérica es impar, cada vez que noto el impulso de tomarlas.

No tiene contraindicaciones ni efectos secundarios y por ello insisto en que seas tú la que decidas como y cuando tomarla.

A mí particularmente, me gusta dejarlas reposar cuando no las llevo conmigo sobre alguna figura de *"geometría sagrada"*, es una sugerencia por si a ti también te puede agradar esta idea.

Nuestras emociones, así como nuestras hormonas, están en continuo movimiento, si esta sinergia te durara 15 días o menos (dependiendo de la frecuencia de tomas y la cantidad de gotas) sería conveniente repetir la toma con esta misma fórmula personalizada, si por el contrario te alcanza

hasta pasado un mes, convendría testar de nuevo las emociones, pues algunas ya se habrán ido trabajando y sin embargo surgirán otras nuevas que requieran de tu atención.

MUY IMPORTANTE

Para mí lo más importante, independientemente de cuantas gotas y con qué frecuencia, tomes tu sinergia emocional, es que te hagas consciente de las emociones que estás trabajando en este momento, que cada gota que caiga en tu lengua, resuene también en tu pensamiento y traspase profundamente tu Alma.

Gracias , Graacias, Graaacias.

Si quieres contactar conmigo para comentar o resolver alguna duda , puedes hacerlo escribiendo a mi correo electrónico naturascen@gmail.com o enviándome un mensaje directo a uno de mis dos Instagram.. @naturalascen , @la.despensa.naturalascen

Te agradecería qué, si después de leer y practicar con la información que comparto contigo en este libro, te ha sido de utilidad o al menos te ha gustado conocerla, deja tu opinión en los comentarios y comparte con quien le pueda interesar.

Si tod@s cuidamos de nuestras emociones y compartimos lo que nos hace bien…

…**"Un Mundo Mejor Todavía es Posible."**

Bibliografía y Libros Recomendados

- La Curación por las Flores. Dr. Edward Bach
- La Terapia Floral de Bach. Mechtild Schefffer
- Obras completas del Dr. Edward Bach. Julian Barnard.
- Gúia Sencilla de Aceites Esenciales. La Vida Esencial.
- Aceites Esenciales y Aromaterapia. Valeri Ann Worwood.
- Modern Essentials guía. Aromatools.com
- La Magia de la Aromaterapia. Gwydion O·Hara
- Diccionario de Piedras Curativas. Luis Garrido
- La Biblia de los cristales Judy Hall

-

Printed in Great Britain
by Amazon